Für meinen Enkel Dave, der abends vor dem Einschlafen immer wieder neue Geschichten von Perry, Knut und Mäuselinchen hören will.

Das Geschenk der Elstern

Eine Weihnachtsgeschichte von
Perry, Knut und Mäuselinchen

Perry, Knut und Mäuselinchen

Perry und Knut leben im Stamm einer großen Eiche, mitten in einem großen Wald. Über ein rundes Astloch hoch oben im Baumstamm gelangt man in eine urgemütliche Höhle, die mit Moos, Farnen und Federn ausgekleidet ist.

Oben in einer Astgabel der Baumkrone ist ein zweiter Ausgang, der direkt auf die Baumhausterrasse, führt. Die Wände und das Dach bestehen aus geflochtenen Ästen. Dort verbringen die Freunde viel Zeit bei schönem Wetter.

Ihre Freundin Mäuselinchen, die im Keller eines Hauses im nahe gelegenen Dorf lebt, besucht die beiden Eichhörnchen so oft wie möglich. Mit Perry und Knut kann man spielen, lachen und Abenteuer erleben. Es wird nie langweilig.

Perry ist schlank und schnell. Auf der Baumautobahn unschlagbar. Er hat immer Lust auf ein Spiel oder ein Abenteuer, ist sehr neugierig und liebt Geschenke. Wenn er aufgeregt ist, dreht sich sein Schwanz wie ein Propeller.

Knut ist nicht so schlank wie Perry. Er kann Unmengen an Nüssen und Kuchen verspeisen und liebt heiße Schokolade. Er denkt gerne nach und berät seinen Freund Perry, wenn der mal wieder vorschnell eine Dummheit begehen will.

Mäuselinchen ist stolz auf ihre beiden Waldfreunde mit den buschigen Schwänzen, mit denen man so gut spielen kann. So oft es geht, besucht sie die beiden nach der Schule oder am Wochenende. Dann bringt sie immer allerlei Überraschungen in ihrem Rucksack mit.

Sie kann wundervollen Nußkuchen backen und heiße Schokolade kochen.

Der erste Schnee

„Jetzt ist Winter!", ruft Perry, als er aus dem runden Baumstammfenster der Baumhöhle auf den tief verschneiten Wald blickt. Alles weiß!

„Knut, wach auf du Schlafmütze!"

„Nööö, lass mich schlafen, ich hatte gerade einen wunderbaren Traum von Sommerwiesen, prächtigen großen Nussbäumen....."

„Gut, dann schlaf weiter! Ich bin weg", sagt Perry, schwingt sich aus der Fensterluke, rast den Baumstamm hinunter und lässt sich in die weiße Schneedecke fallen.

„Oh, so schöner weicher Schnee"! Perry wälzt sich genussvoll und spritzt und pulvert den Schnee nach allen Seiten.

„Knut komm! Es ist wunderbar...", aber Knut rührt sich nicht in seinem weichen gemütlichen Moosbett. Aber auf einmal landet etwas Eiskaltes, Nasses auf seinem Bauch, so dass er vor Schreck hochspringt und sich den Bauch wieder sauber rubbelt.

„Iiihh...!, Perry....hör auf! Unser Bett wird ganz nass!"

„Ja..ja..!" grinst Perry, er sitzt auf der Fensterbank und kichert. „Aber sonst stehst du ja nie auf".

Knut formt ganz schnell aus dem Schnee einen kleinen Schneeball und wirft ihn Perry an den Bauch. Und schon ist die allerschönste Rauferei im Gange. Perry und Knut kugeln als Wollknäuel durch ihre Schlafhöhle.

„Ich werf' dich durchs Fenster", ruft Perry.

„Haha, pass du mal auf, dass du nicht mit hinausfällst...."

Plötzlich wird es dunkel vor der runden Fensterluke.

Mäuselinchen zu Besuch

"Hey ihr zwei Raufhörnchen!" ruft ihre Freundin Mäuselinchen. Wo ist das Frühstück, das ihr mir gestern versprochen habt?" Heute war mein letzter Schultag und danach bin ich gleich zu euch in den Wald gelaufen.

"Ach, Mäuselinchen, du bist es! Ist es schon so spät", fragt Knut.

"Wir wollten gerade Frühstück machen", ruft Perry dazwischen und kratzt sich den restlichen Schnee von seinem Bauch.

Mäuselinchen legt ab und öffnet ihren kleinen bunten Rucksack. "Ich hab was mitgebracht".

"Ein Geschenk für uns?", fragen Perry und Knut gleichzeitig und stecken ihre neugierigen Nasen in Mäuselinchens Rucksack.

"Aber nein, nur Frühstück", Geschenke gibt es erst an Weihnachten!"

"Oh, wann ist das?", will Perry wissen.

„Noch zweimal schlafen", sagt Mäuselinchen.

„So lang!" jammert Perry und beide machen enttäuschte Gesichter.

„Gar nicht lange" antwortet Mäuselinchen, „wenn man bedenkt, dass ihr sicherlich noch kein Weihnachtsgeschenk für mich habt. Ich habe eure aber schon!"

„Wo, da drin in deinem Rucksack?", will Perry wissen.

„Aber nein, die sind bei mir zu Hause an einem sicheren Ort. Erst an Weihnachten, also in zwei Tagen, bringe ich eure Geschenke mit."

„Kannst du nicht ein bisschen verraten, was es ist", quengelt Perry.

„Wir können sonst keine Nacht mehr schlafen", bemerkt Knut mit besorgtem Gesicht.

Aber Mäuselinchen sagt gar nichts mehr, sondern beginnt heiße Schokolade vorzubereiten.

Perry und Knut sehen sich an und überlegen. Dann fragt Perry: „Aber was sollen wir dir denn schenken?", „Du hast doch schon alles!"

Mäuselinchen dreht sich zu den beiden um und schleckt genüsslich den Löffel mit der heißen Schokolade ab: „Ja, das kann ich euch nicht sagen, denn ich darf es ja nicht wissen."

Aber Knut gibt noch nicht auf: „Das ist ja ganz schrecklich schwierig, kannst du uns nicht wenigstens einen Tipp geben, was du gerne hättest?"

„Da müsst ihr halt nachdenken. Aber eines kann ich euch schon sagen, es braucht nichts Großes zu sein, was Kleines. Wichtig ist ja nur, überhaupt ein Geschenk zu bekommen! Und es muss verpackt sein, weil es so schrecklich aufregend ist, ein Geschenk auszupacken."

„Aber Mäuselinchen, wie sollen wir denn nachdenken, wenn wir gar nicht wissen über was?" fragt Perry.

„Aber Perry, so dumm bist du doch gar nicht", sagt Knut, „wir müssen halt überlegen, was Mäuselinchen gefallen könnte."

Perry kratzt sich gedankenverloren hinter seinen Ohren und runzelt die Stirn: „Ich bekomme Kopfweh von zu vielem Denken!"

„Sicherlich hast du nur Hunger" meint Mäuselinchen, „wahrscheinlich habt Ihr heute noch gar nichts gegessen? Ich habe leckere Sachen in meinem Rucksack – Speck, Marzipan, Käse und Lebkuchen."

„Oh lecker!", ruft Knut, und Perry merkt plötzlich wie leer sein Bauch ist und dass ihm vor Hunger schon ganz schlecht ist.

Schnell ist ein wunderbares Frühstück bereitet und alle drei setzten sich auf das gemütliche Sofa im Baumhaus und stopfen sich ihre Bäuche randvoll.

Pläne für das Weihnachtsfest

Nach dem Frühstück erzählt Mäuselinchen wie sie zu Hause mit ihrer Mäusefamilie jedes Jahr einen Weihnachtsbaum schmücken und Plätzchen backen.

Da hat Knut eine Idee: „Wir machen dieses Jahr auch einen Weihnachtsbaum und dann, Mäuselinchen, feiern wir wunderbare Weihnachten zu dritt in unserem gemütlichen Baumhaus und ein Geschenk gibt es auch für dich, du wirst staunen!"

„Aber was denn für ein Geschenk?" fragt Perry, was für ein Geschenk bekommt denn Mäuselinchen?"

„Psst!" flüstert Knut, das ist ja die Überraschung, sie darf das heute noch nicht wissen".

Mäuselinchen blickt Knut von der Seite an und fragt beiläufig: „Du hast also schon eine Idee. Was ungefähr könnte ich denn bekommen, kannst du schon etwas verraten?"

Aber Knut lächelt nur geheimnisvoll: „Du bekommst etwas Einmaliges, und du hast doch gesagt, dass du es vorher nicht wissen darfst."

„Mhm!" sagt Mäuselinchen, „ich wollte es ja nur ein bisschen wissen".

Knut beginnt zu kichern. „Siehst du Mäuselinchen, „jetzt bist du genauso neugierig wie Perry und ich, stimmt's?"

„Nein, nein! Gar nicht, ich kann mir schon denken, was es ist".

„Was denkst du denn, was es ist?" fragt Knut?

„Vielleicht ein Zauberstab?"

Knut schüttelt heftig den Kopf. „Nein, sicher nicht! Dann könntest du uns ja in Frösche oder Maulwürfe verzaubern."

Perry findet das gar nicht lustig: „So ein Geschenk bekommst du sicher nicht von uns, sondern etwas viel Besseres, wirst schon sehen."

Schneemäusehörnchen

Da hat Knut eine wunderbare Idee: "Wir müssen einen Schneemann bauen. So schönen Schnee gibt es ja nicht alle Tage!"

Perry und Mäuselinchen finden das auch, rutschen den Baumstamm hinunter und purzeln kopfüber in den Schnee.

Knut hinterher und schon sind alle drei beschäftigt einen Schneemann zu bauen, Mäuselinchen den Kopf, Perry und Knut den Körper. Und als ihr Werk fertig ist, stellt Mäuselinchen fest: „Ein Kopf mit Mäusenase und Mäuseohren und ein Körper mit Eichhörnchenbeinen und Eichhörnchenschwanz. Das ist kein Schneemann, sondern ein Schneemäusehörnchen".

Die Zeit vergeht wie im Flug und erst jetzt bemerken die drei, dass es schon fast ganz dunkel ist.

„Ich muss heim" seufzt Mäuselinchen, „aber in zwei Tagen ist Weihnachten und dann komme ich wieder".

„Tschüss Mäuselinchen!", rufen Perry und Knut, „bis bald, bis Weihnachten!"

An diesem Abend liegen Perry und Knut noch lange wach und überlegen, was sie Mäuselinchen schenken könnten und was für ein Geschenk wohl Mäuselinchen für sie beide hat.

Weihnachtsvorbereitungen

Am nächsten Morgen flitzen Perry und Knut erst mal über ihre Baumautobahn und schütteln den Schnee von den Zweigen.

„Herrlich!" keucht Perry, „wir haben schon lange keinen solchen Spaß mehr gehabt!"

„Oh ja!", ruft Knut, „ich liebe es, wenn es weiß von den Bäumen staubt!"

„Und wir befreien die Bäume von ihrer schweren Schneelast, dass sie sich nicht die Äste brechen", gibt Perry zu bedenken.

„Hoho! Perry der große Baumretter!" lacht Knut.

Und schon bekommt er von Perry eine gewaltige Schneedusche übergezogen.

Zuhause angekommen sagt Knut „und jetzt müssen wir über Mäuselinchens Geschenk sprechen. Du hast doch gesagt, dass sie was viel Besseres bekommt."

„Ja ich hab das nur gesagt, weil du gesagt hast, dass sie was ganz Außergewöhnliches bekommt, aber ich habe noch überhaupt keine Idee!"

„Ja ich auch nicht", seufzt Knut.

„Oh je!", stöhnt Perry, „jetzt müssen wir nachdenken, und mir fällt doch nichts ein. Ich kann mich ja nicht mal erinnern, wo ich im Herbst die Vorratsnüsse vergraben habe".

„Also Nachdenken geht so, dass man sich in eine dunkle Ecke setzt und sich ganz stark konzentriert," meint Knut. „Lass uns runter in unsere Schlafhöhle im Baumstamm gehen, da kann man sehr gut nachdenken."

„Klingt gut", meint Perry und gähnt.

„Nachdenken heißt aber nicht schlafen" grinst Knut, kuschelt sich aber ganz gemütlich an Perry und beide decken sich mit ihren weichen, buschigen Eichhörnchenschwänzen zu.

„Also ich hab mir Fragen ausgedacht, sagt Knut, z. B. was tut Mäuselinchen gerne? Was hat sie und was hat sie noch nicht? Oder was wollen wir zusammen machen?"

„Du bist aber schlau", staunt Perry, „ich glaube ich hab es verstanden. Ich hab sogar eine Idee. Wir könnten ihr was schenken, wo wir auch was davon haben, z.B. ganz viele Nüsse, die Mäuselinchen dann mit uns teilt oder mit denen sie einen Kuchen für uns bäckt".

„Perry! Das ist aber kein richtiges Geschenk, wenn du da gleich nur an dich denkst", bemerkt Knut.

„Na gut, dann eben nicht. Ich werde jetzt nachdenken!" Perry legt den Finger an die Stirn, senkt den Kopf, schließt die Augen - und ist schon nach wenigen Minuten eingeschlafen.

Knut hört sein leises Schnarchen und flüstert: „Nachdenken nennst du das? Aber gut, zum Nachdenken muss man ausgeschlafen sein." Und Knut legt seinen Kopf auf Perrys warmen Bauch und schon schläft auch er tief und fest.

Unerwünschter Besuch

Als erstes wird Perry von einem seltsamen Geräusch wach – ein Rauschen und Rascheln ist deutlich über ihnen im Baumhaus zu hören. Das Mondlicht fällt nur spärlich in die Schlafhöhle und Perry ist ein bisschen unheimlich zumute.

„Wer oder was kann das sein?", flüstert er, klettert ganz leise nach oben und spitzelt durch ein Astloch im Bretterboden der Baumhausterrasse. Was er sieht, begeistert ihn gar nicht. Zwei dicke schwarzweiße Elstern sitzen mitten auf ihrem Sofa und unterhalten sich angeregt. Ja mehr noch, sie streiten.

Das kann Perry an ihrem aufgeregten Kreischen und Krächzen erraten. Beide hüpfen aufgeregt hin und her und schlagen mit den Flügeln. Eine der beiden hat etwas Glänzendes im Schnabel und die andere Elster pickt mit Ihrem Schnabel danach. Doch da fällt dieses glitzernde Etwas klimpernd zu Boden und Perry kann deutlich hören, wie es über den hölzernen Boden rollt.

Auch Knut wird von diesem Geräusch wach und klettert leise zum oberen Ausgang, wo Perry sitzt und durch ein kleines Loch im Bretterboden angespannt nach oben lugt. Knut drückt sich neben Perry, der den Finger auf die Lippen presst, und Knut versteht sofort, dass er mucksmäuschenstill sein muss.

Flatternd und kreischend hacken die Elstern mit ihren scharfen schwarzen Schnäbeln nach dem glitzernden Etwas und schon hält es eine der Elstern triumphierend im Schnabel, aber im selben Augenblick entreißt es ihr die andere und setzt zum Flug an.

Im letzten Moment verliert sie ihre Beute und Perry kann sehen, dass es ein silberner Ring ist, der auf den Boden des Baumhauses fällt, weiterrollt und schwupp!.... genau in dem kleinen Astloch im Boden verschwindet durch das Perry den Kampf verfolgt hat.

Der Ring landet genau auf seiner Nase und Knut presst Perry die Pfote aufs Maul damit er nicht vor Schreck quietscht und so ihr Versteck verrät.

Schon hacken die beiden Elstern mit ihren Schnäbeln in die kleine Öffnung des Astlochs auf der Suche nach ihrem verlorenen Schatz und Perry und Knut ziehen blitzschnell ihre Köpfe ein und wagen kaum zu atmen.

Oben tobt der Kampf zwischen den Elstern ...."gib ihn mir!" kreischt die eine. „Aber du hast ihn doch!" keift die andere. Sie hacken mit den Schnäbeln aufeinander ein und flattern aufgeregt auf und nieder. Schließlich flieht eine Elster unter lautem wütendem Gekrächze durch das Fenster und die andere gleich hinterher.

Glück gehabt

Die beiden Eichhörnchen sitzen immer noch reglos nebeneinander, Perry zittert und hält immer noch das metallische Etwas mit beiden Händen fest an den Bauch gepresst. „Zeig mal her", flüstert Knut und Perry öffnet langsam die Pfote und beide starren gebannt auf einen silberglänzenden Ring mit einem rosa schimmernden Stein in der Mitte.

So etwas Schönes haben die beiden noch nie gesehen und sie überlegen, wo die Elstern diesen Ring wohl gefunden oder vielleicht sogar gestohlen haben könnten.

„Wir müssen ihn verstecken" warnt Knut, „und unheimlich aufpassen. Die beiden Elstern können jederzeit wieder zurückkommen und nach ihrer Beute suchen".

„Stimmt," nickt Perry, „du weißt ja wie sie sich im letzten Herbst mit uns um die Walnüsse gestritten haben. Sie sind größer und stärker als wir."

„Schon, aber sie haben uns nicht gesehen und wissen auch nicht, dass wir den Ring haben. Und unsere Baumhöhle kennen sie auch nicht", gibt Knut zu bedenken. Und weil sie dicker sind, können sie auch nicht durch das runde Fenster in unsere Baumhöhle kommen", überlegt Perry.

Und so beschließen die beiden den Ring unter dem Moos und den Federn ihres Betts in der Baumhöhle zu verstecken. In dieser Nacht können Perry und Knut vor lauter Aufregung nicht einschlafen. Immer wieder lauschen sie den Geräuschen der Nacht, dem Rauschen der Bäume, dem Knacken in den Zweigen, aber die beiden Elstern kehren nicht zurück und so schlafen sie doch irgendwann ein.

Baumhaus schmücken

Am nächsten Morgen wacht Knut als erster auf und will sich schon wie gewohnt aus der Baumluke schwingen – doch dann fällt ihm ein: „Wir müssen vorsichtig sein. Wer weiß, ob die beiden Elstern nicht schon unseren Baum und unser Baumhaus beobachten." Und so weckt er Perry auf.

Perry hat die Ereignisse der Nacht längst vergessen und sagt zu Knut: „Was können wir nur Mäuselinchen schenken!"

„Psst!", raunt Knut, „hast du vergessen, was heute Nacht passiert ist?"

Perry reißt die Augen weit auf und schlägt sich mit der Pfote auf den Mund. Von dem Moment an flüstern beide nur noch und beschließen erst mal nicht ihre Baumhöhle zu verlassen und ein kleines Frühstück von den Notvorräten zu nehmen. Die Samen von zwei Tannenzapfen und ein paar Nüsse.

„Wir können doch nicht die ganze Zeit hier drinnen bleiben," stöhnt Perry.

„Natürlich nicht, aber wir sollten achtsam sein", meint Knut. „Am besten geht immer nur einer von uns nach draußen und der andere beobachtet die Umgebung. Und wenn sich ein verdächtiges Wesen nähert, dann pfeifen wir zweimal kurz. Das ist dann das Signal, dass Gefahr in Verzug ist und wir auf dem schnellsten Weg in die Baumhöhle zurück müssen."

„Guter Plan, so machen wir es!", antwortet Perry. „Aber was machen wir mit dem Ring?"

Die Geschenkidee

„Weißt du was? Du oder ich, wir werden den Ring nicht tragen, das stört beim Klettern und ihn zu Hause unbeaufsichtigt lassen, geht auch nicht, weil wir uns ja dauernd Sorgen machen müssten, dass er dann doch irgendwann gestohlen wird. Also ich hätte da eine Idee!" sagt Knut und streicht sich mit seiner Pfote das Kinn.

„Sag schon, Knut!", drängelt Perry ungeduldig.

„Naja, so ein Ring ist doch nichts für zwei flinke Eichhörnchen. Und wir brauchen doch ein Weihnachtsgeschenk für Mäuselinchen. Findest du nicht, dass der silberne Ring mit dem rosafarbenen Stein ganz wunderbar zu Mäuselinchens hellgrauem Fell passt?"

„Ja, stimmt! Das ist eine geniale Idee, mir wär sowieso kein Geschenk für sie eingefallen, aber meinst du nicht, dass der Ring viel zu groß für Mäuselinchens Finger ist?"

„Ja, ich weiß, der Ring stammt wohl von einem viel größerem Wesen, aber sie kann ihn ja genauso gut als Armreif tragen, oder?"

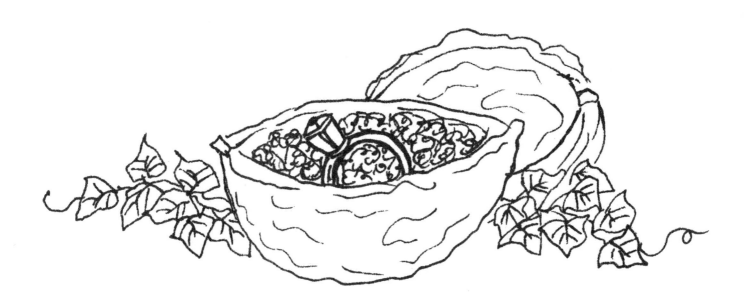

„Ja, Knut, ich glaube das könnte passen! Wir müssen den Armring nur noch verpacken, sonst ist es ja keine Überraschung."

Und dann hatten sie die Idee den Armring in eine große Walnussschale einzupacken, rundherum grünes getrocknetes Moos und mit einer Efeuranke als Geschenkband. Beide sind mächtig stolz auf das Geschenk! Mäuselinchen wird Augen machen!

„Noch einmal schlafen, dann ist Weihnachten", freut sich Knut.

„Wir brauchen noch einen Weihnachtsbaum und müssen die Baumhausterrasse schmücken, ich weiß auch schon wie", erklärt Perry stolz. „Wir müssen ganz viel Tannengrün sammeln und alles abdichten, damit die Elstern nicht mehr auf unsere Terrasse fliegen können".

„Gute Idee, Perry, und dann werden sie unser Baumhaus auch nicht wiedererkennen. Hoffentlich kommen die nie mehr!"

Den ganzen Tag sind Perry und Knut beschäftigt Tannenzweige heranzuschaffen und das Baumhaus winddicht zu machen. Auch einen Tannenbaum finden Sie - die abgebrochene Spitze der großen Tanne von nebenan und schleppen sie unter großen Anstrengungen ins Baumhaus.

Zum Schluss dekorieren sie die mit Tannengrün verkleideten Wände noch mit getrockneten Herbstblättern und Tannenzapfen. Beide sind mächtig stolz auf ihr Werk.

Weihnachtstag

Am nächsten Morgen ist Perry sofort hellwach! „Heute ist Weihnachten und heute kommt Mäuselinchen!" ruft er.

Gleich als erstes bereiten sie Nusskugeln aus gehackten Nüssen, Kakao und Honig. Danach noch alle Krümel nach draußen kehren und die Brösel vom Sofa wischen. Mit ihren Schwänzen lässt es sich wunderbar kehren.

Danach noch das Fell putzen und die Schnurrhaare glattstreichen. „Jetzt kann Mäuselinchen kommen", ruft Knut und streicht sich zufrieden die Barthaare.

Und ich bin schon wieder so gespannt auf unsere Geschenke, dass ich fast platze!"

„Lass dich einfach überraschen", rät Knut, „sonst stirbst du noch vor Neugier!"

„Ja, aber wenn es doch sooooooo aufregend ist, ich kann schon gar nicht mehr stillsitzen, ich muss dauernd hin und her springen, sonst halte ich das nicht aus!"

„Nun beruhige dich doch, Perry!"

„Geht nicht, Knut, ich kann nichts machen". Perry läuft im Baumhaus immer im Kreis und stöhnt. Da wird es Knut zu bunt und er stürzt sich auf Perry: „Du machst mich wahnsinnig mit deiner Herumrennerei!"

Und schon sind die beiden in eine herrliche Rauferei verwickelt, kugeln und balgen sich und bemerken gar nicht, dass Mäuselinchen in der Zwischenzeit angekommen ist. Erst als Mäuselinchen durch ihre Zähne pfeift, fahren beide herum: „Wir haben dich gar nicht gehört!"

„Ich euch schon, bis von weitem kann man euer Geschrei hören". Sofort sind die beiden Eichhörnchen still und lassen die Nasen hängen, weil sie ja eigentlich besonders leise sein wollten, um auf keinen Fall die Elstern anzulocken. „Frohe Weihnachten meine Freunde" verkündet Mäuselinchen und umarmt beide! „Oh ja, wunderschöne Weihnachten Mäuselinchen!"

„Hast du unsere Geschenke auch nicht vergessen?", fragt Perry, worauf er von Knut einen Rippenstoß bekommt. Wollen wir nicht zuerst mal den Weihnachtsbaum schmücken?" schlägt Mäuselinchen vor.

Sie schüttet alles auf den Boden und alle drei machen aus dem kleinen Tannenbaum einen blinkenden, wunderschönen Weihnachtsbaum.

Dann holt Mäuselinchen zwei kleine rote Geschenkekartons und legt sie unter den Baum. Das ist zu viel für Perry, er kippt der Länge nach auf den Boden und rührt sich nicht mehr. „Was hat er denn?", fragt Mäuselinchen besorgt.

„Es ist wegen der Geschenke, er ist so aufgeregt, dass er jetzt ein bisschen ohnmächtig ist." Vorsichtig legen sie ihn aufs Sofa und Knut hält ihm eine frische Haselnuss vor die Nase. Sofort schlägt Perry seine Augen wieder auf.

„Was ist los? Gibt es schon Geschenke?", fragt er.

„Nein, später, lass uns erst was essen", meint Mäuselinchen.

Sie hat Käsewürfel, getrocknete Apfelringe und Speck mitgebracht und als Nachspeise gibt es noch Nusskugeln mit heißer Schokolade.

Das Ungeheuer

Und dann ist es so weit: Mäuselinchen überreicht Knut sein Geschenk. „Lieber Knut, Frohe Weihnachten!"

„Bist du sicher, Mäuselinchen, dass es seins ist und nicht meins?", fragt Perry.

Knut versucht mit viel Geduld die Schleife aufzumachen, damit niemand merkt, wie neugierig und nervös er ist. Dann schiebt er vorsichtig das Papier zur Seite und zum Vorschein kommt eine bunte Schachtel. Ganz langsam hebt Knut den Deckel nur auf einer Seite an und spitzelt in die Schachtel. Da ist etwas Langes, Rundes, verpackt in hauchdünnes Seidenpapier. Langsam holt er es aus der Schachtel und entfernt das Seidenpapier. Ein Ding mit zwei Röhren kommt zum Vorschein. Vorsichtig dreht es Knut hin und her.

„Was ist denn das?" Fragend sieht er Mäuselinchen an.

Mäuselinchen lächelt: „Schau doch mal auf einer Seite rein!"

„Ich sehe nichts!", jammert Knut.

„Du musst von der anderen Seite reinsehen."

Angestrengt blickt Knut durch und sieht plötzlich riesengroße Mäusezähne, Mäuseohren, dann ein ganzes Gesicht!

„Das bist ja du, Mäuselinchen! Wieso bist du so groß?"

„Bin ich nicht, du siehst mich nur so groß, weil das ein Fernglas ist. Damit kannst du ganz weit in die Ferne schauen. Du kannst sehen, ob sich jemand eurem Baumhaus nähert und erkennen, wer es ist." Knut zieht enttäuscht die Mundwinkel nach unten. Was soll es denn zu sehen geben, außer Bäumen und Blättern und Himmel.

Perry hüpft von einem Bein aufs andere. Dabei dreht sich sein Schwanz wie ein Propeller: „Ich will auch durchgucken, ich will das auch haben", quietscht er. Das ist mein Geschenk, du hast das verwechselt, Mäuselinchen!"

„Aber nein, schau!", sagt Mäuselinchen und gibt Perry das andere Paket.

Perrys Geduld ist am Ende. Mit einem sauberen Schnitt seiner scharfen Schneidezähne durchtrennt er die Schleife und reißt in Windeseile das Papier von der Schachtel. Der

Deckel klemmt und Perry knabbert blitzschnell ein kreisrundes Loch in den Deckel und zieht ein unförmiges Gebilde, verpackt in Seidenpapier heraus. Fragend sieht er Mäuselinchen an: „Was ist das denn?"

Mäuselinchen sagt gar nichts, zuckt nur mit den Schultern und grinst von einem Ohr zum anderen.

*Schnell reißt Perry auch noch das Seidenpapier ab und zum Vorschein kommt ein länglicher, silberfarbener Trichter mit einem runden weichen Gummiball am unteren Ende. Perry zieht die Stirn in Falten und dreht das Ding zwischen seinen Pfoten hin und her. Dann kuckt er vorne in den Trichter rein. Es ist nichts drin. Er versucht den weichen Ball aufzumachen. Der ist aber fest mit dem Trichter verbunden. Perry drückt fester zu, um den Ball abzumachen – da ertönt ein lautes **„Quaaak!!!"***

Perry schleudert vor Schreck das Teil weg und flieht unter das Sofa, Knut springt mit einem Satz auf die Spitze des Weihnachtsbaumes und hält sich dort zitternd fest. Das Ungetüm mit dem runden Blähbauch und dem Trichter rührt sich nicht. Langsam kommt Perry unter dem Sofa hervor:

„Mäuselinchen, bist du sicher, dass das ein Geschenk ist? Es ist eher ein Ungeheuer!"

Mäuselinchen hüpft im Kreis und schüttelt sich vor Lachen.

Perry ist sauer: „Das ist ein doofes Geschenk, was soll das eigentlich sein?"

Knut ist auch ganz langsam wieder vom Weihnachtsbaum heruntergeklettert und beobachtet misstrauisch das Ding auf dem Boden.

*„Dann tritt er das Ungeheuer in den weichen Bauch und wieder ertönt ein unsäglich lautes **„Quaaak"**, das Perry und Knut noch einmal vor Schreck zusammenzucken lässt und sie sich gegenseitig festhalten. Danach verliert Perry seine Nerven und lässt seinen Kopf auf Knuts Brust fallen und schluchzt.*

„Ich weiß nicht, was das sein soll, aber es ist kein Weihnachtsgeschenk!" Knut versucht ihm gut zuzureden: „Aber Perry, vielleicht gewöhnst du dich daran und es gefällt dir morgen?" „Oh nein, niemals schluchzt Perry.

Die große Enttäuschung

Perry beruhigt sich und holt Mäuselinchens Geschenk unter dem Sofa hervor. „Das ist für dich, von Knut und mir. Frohe Weihnachten!" „Ja, frohe Weihnachten!", wünscht auch Knut.

Mäuselinchen bedankt sich bei beiden, aber man kann ihr ansehen, dass sie enttäuscht ist: „Ist euch denn nichts Besseres als eine blöde Walnuss als Geschenk für mich eingefallen?"

Perry und Knut zwinkern sich zu: „Na ja, du weißt ja, dass wir nichts haben hier im Wald außer Bäumen, Blättern, Tannenzapfen und Nüsse. Was sollen wir dir denn schenken?"

Mäuselinchens Augen füllen sich mit Tränen. „Dann mach doch die Nuss mal auf, sie ist ja auch besonders groß", beschwichtigt Perry.

„Und du wirst staunen, wie besonders sie ist", ergänzt Knut. „Ich habe aber keinen Hunger", schluchzt Mäuselinchen. Perry und Knut sehen sich besorgt an: „Bitte Mäuselinchen, mach' sie auf, uns zuliebe!"

„Na gut, weil ihr es seid," Mäuselinchen setzt sich auf das gemütliche Sofa, entfernt die Efeuranke und öffnet vorsichtig die beiden Schalen. „Die war schon offen", stellt sie fest. „Wahrscheinlich ist gar nichts drin, weil schon jemand die Nuss gegessen hat."

Mäuselinchen verschwindet spurlos

Da plötzlich fällt der Silberring in ihren Schoß und der rosafarbene Stein funkelt und glänzt. Mäuselinchens Augen werden immer größer, sie dreht den Ring in ihren Händen und ist fasziniert. Fragend sieht sie die beiden Eichhörnchen an: „Wie kommt ihr denn an so einen Schatz?" Die beiden sehen sich lächelnd an und zucken mit den Schultern: „Zauberei, Zauberei!".

Mäuselinchen hat sich den Armring bereits über ihre kleine Pfote gezogen. Er passt perfekt und verträumt blickt sie auf den wunderschönen Armring.

„Wie schön der Stein funkelt!"

Verliebt streicht sie über den rosafunkelnden Stein – und - da ist Mäuselinchen plötzlich verschwunden!

„Was ist denn jetzt passiert?", quietscht Perry aufgeregt. „Sie ist weg! Aber sie war doch gerade noch da", flüstert Knut.

„Aber ich bin doch da", piepst Mäuselinchen neben ihnen.

Perry und Knut sehen sich mit vor Schreck geweiteten Augen an und Knut wispert: „Mäuselinchen reibe nochmal den Stein!" Und da steht Mäuselinchen wieder lachend vor ihnen.

„Ich glaub ich träume ", ächzt Knut, „das ist ein Zauberring!"

„Das ist ja wunderbar!", rufen Perry und Mäuselinchen.

„Wer den Ring trägt und an dem Stein reibt, kann sich unsichtbar machen, und das kann lebensrettend sein", überlegt Mäuselinchen. „Wenn ich einer Katze über den Weg laufe oder wenn die Eule oder der Habicht über mir fliegen", dann bin ich in einer Sekunde nicht mehr sichtbar. Mäuselinchen hüpft vor Freude und singt: „Nie mehr Angst und Schrecken, einfach mit dem Ring mich verstecken, lalalalah!"

Knut hat sich sein Fernglas genommen und hält es durch eine Fensterluke in der ge-

flochtenen Wand der Baumterrasse. Dieses Mal sieht er auf der richtigen Seite durch. Doch was er da sieht, lässt ihn das Blut in den Adern gefrieren. Auf einem Ast gegenüber der Baumterrasse sitzen die beiden Elstern und diskutieren heftig:

„Da war es doch", sagt die eine und deutet zu ihnen herüber. „Nein!", kreischt die andere, „es sah ganz anders aus, hier war es nicht!"

Blitzschnell zieht Knut das Fernglas zurück und zerrt Mäuselinchen mit in die Baumhaushöhle unter die Baumterrasse. Dann will er zurück, um Perry zu holen, aber es ist zu spät.

Perry sitzt auf der Spitze des Weihnachtsbaumes, als die beiden Elstern mit lautem Gepolter auf der Baumterrasse landen.

Perry erstarrt vor Schreck und drückt sich hinter die Zweige der Tanne, um nicht gleich von den Elstern entdeckt zu werden. Mäuselinchen und Knut verfolgen durch das Astloch im Boden das Geschehen. Sie sprechen nicht und hoffen, dass Perry sich nicht verrät.

„Natürlich war es hier!" sagt eine der Elstern. „Schon möglich!" Sagt die andere Elster und lässt interessiert den Blick durch die Baumterrasse schweifen.

„Es sieht alles ein bisschen anders aus, vor allem dieser Baum mit den vielen glänzenden Sachen dran, war das letzte Mal noch nicht da. Aber er ist höchst interessant!"

Beide Elstern mustern die glitzernden Dinge am Weihnachtsbaum von unten bis oben....Und da bleibt ihr Blick an Perry hängen: „Der sieht sehr echt aus! Das ist kein Weihnachtsschmuck", meint eine der Elstern.

„Ja, und er glitzert auch nicht so wie die Sterne und Kugeln," krächzt die andere.

Das ist zu viel für Perrys Nerven. Er wird ohnmächtig und fällt vom Baum wie ein reifer Apfel.......rrrummms. Und im selben Moment dröhnt ein gewaltiges Quaaak durch das Baumhaus und den Wald, der das Echo zehnfach zurückschallen lässt.

Die Elstern, zu Tode erschrocken, fliehen mit lautem Kreischen:

"Weg hier!! Hier ist der Teufel los! Eine Falle!"

Noch eine ganze Weile ist ihr krächzendes Geschimpfe von weitem zu hören. Aber dann ist nur noch das „Quaaak" zu hören, das nicht aufhören will.

Knut nimmt als erster die Hände von den Ohren und klettert auf die Baumterrasse, um nach seinem Freund Perry zu sehen. Der liegt mit geschlossenen Augen auf seinem Weihnachtsgeschenk und ist ohnmächtig. Inzwischen ist auch Mäuselinchen dazu gekommen und gemeinsam heben sie Perry hoch. Sofort verstummt das laute „Quaaak". Sie legen Perry auf das weiche Sofa. Mäuselinchen streicht ihm sanft über den Kopf.

Vorsichtig öffnet Perry ein Auge: „Lebe ich noch?" fragt er die beiden.

„Aber sicher," sagt Knut, und kneift seinen Freund ins Ohr.

„Au!" Schreit Perry und springt auf.

„Siehst du!" sagt Mäuselinchen, „dir geht es gut und du hast zwei Elstern in die Flucht geschlagen!"

„Ich?", fragt Perry und kratzt sich hinter den Ohren.

„Ja, du bist vom Baum auf dein Weihnachtsgeschenk gefallen und hast uns gerettet!" berichtet Knut.

Perry betrachtet sein Weihnachtsgeschenk und langsam findet er es doch irgendwie gut. „Wie nennt man das Ding eigentlich?"

„Ich glaube ich weiß, was das ist", murmelt Knut. „Das ist eine Lärmquake mit der man jemanden erschrecken kann, wenn man den runden Ball am Ende zusammendrückt oder drauffällt."

„Genau! Knut!" Mäuselinchen klatscht sich in die Hände:

„Das ist eine Hupe! Ich habe die im Keller unseres Hauses gefunden. Die Menschenkinder haben sie einfach in ein Eck geworfen und nicht mehr beachtet. Ich hätte nie gedacht, dass wir sie schon so schnell brauchen würden".

Perry ist nun richtig stolz, dass er die Elstern vertrieben hat.

„Aber Knut hat sie mit seinem Fernglas kommen sehen und hat mich in Sicherheit gebracht", gibt Mäuselinchen zu bedenken.

„Oh ja!" ruft Perry. „Mit deinem Fernglas, Knut, können wir schon früh Feinde sehen und mit der Hupe können wir sie erschrecken und in die Flucht schlagen. Perry und Knut klatschen sich mit den Pfoten ab, nehmen Mäuselinchen an den Pfötchen und tanzen durch die Baumhausterrasse, bis sie erschöpft auf das Sofa fallen.

Danach essen sie noch alle Nusskugeln und schlüpfen müde und glücklich in ihre Schlafhöhle unter dem Baumhaus.

Draußen hat es begonnen große Flocken zu schneien und so kuscheln sich alle drei wohlig aneinander. Perry und Knut erzählen Mäuselinchen, wie der Ring zu ihnen kam.

„Das ist ja aufregend", flüstert Mäuselinchen. „Die Elstern stibitzen immer alles, was glänzt. Sicher haben sie schon genug Gold und Silberkram in ihren Nestern versteckt. Die brauchen den Armring gar nicht und mir passt er perfekt."

„Ja das finde ich auch", murmelt Perry, der schon fast schläft. Das war ein schönes Weihnachtsfest, flüstert Knut und legt seinen Kopf an Mäuselinchens Schulter und seine kalten Füße auf Perrys Bauch.

- Ende –

Charlotte Kaindl

Charlotte Kaindl, geb. 1958 in Augsburg, studierte Pädagogik, Sport und Deutsch als Fremdsprache. Sie lebt und arbeitet in München und Wien.

Impressum

© 2020 Charlotte Kaindl, 1. Auflage

Verlag & Druck: tredition GmbH
Halenreie 40-44, 22359 Hamburg

Herausgeber: Frank Havera LLC
30 N Gould St Ste R, Sheridan, WY 82801, USA

Copyright und Nutzungsregeln: Das Werk einschließlich aller seiner Teile ist urheberrechtlich geschützt. Jede Verwertung - auch auszugsweise - ist nur mit Zustimmung der Frank Havera LLC erlaubt. Alle Rechte vorbehalten.

Information der Deutschen Nationalbibliothek: Die Deutsche Nationalbibliothek verzeichnet diese Publikation in der Deutschen Natonalbibliografie; detaillierte bibliografische Daten sind im Internet über dnb.dnb.de abrufbar.

ISBN: 978-3-347-18515-9 (Paperback)
978-3-347-18516-6 (Hardcover)
978-3-347-18517-3 (e-Book)

Coverlayout: Martina Brobst, Friedberg

Illustrationen: Manon Rivay